喚醒你的英文語感 ！

Get a Feel for English !

喚醒你的英文語感 ！

Get a Feel for English !

翻譯大師教你學發音

附大師親聲教學 MP3

作者／郭岱宗

大師獨門發音要訣無私公開

- 40 年教學心得彙整，用最簡單的訣竅，學會最道地的發音！
- 26 個 KK 音標一一熟唸，重新紮穩口說基礎！
- 13 組易混淆與困難發音各個擊破，口說實力完美升級！
- 1 舉突破發音 3 大難關：音標、連音、語調！

[æ]：有如被勒住脖子，喉嚨被擠壓而發出的怪聲

[ɚ] 是小捲舌
[ɝ] 是大捲舌

[aɪ]：如同中文的 [愛伊]，要有 [伊] 來結尾

貝塔語言出版
Beta Multimedia Publishing

IRT 語言測驗中心
Language Testing Center

台上一分鐘，台下十年功

　　當我們初次與人見面時，常會遞出一張名片，讓對方對我們有稍許認識。同樣地，語言的作用就像一張名片，只要我們開口說話，就立刻透露我們對這個語言所能掌握的程度。 而「聲」是語言的基礎，無論何種語言，正確的發音和語調都屬於極為基本之務。

　　或許用中文舉例，更能讓我們體會發音的重要，我們試著想像這麼一個場景：在一個飯局當中，一位文質彬彬、氣宇軒昂的男士與人寒暄，把「這蝦子很有味道」說成「則蝦組粉有味道」；「我很高興認識各位」說成「偶哄勾興楞素夠位」，我相信，即使此人腹有詩書，這樣的發音也實在難以吸引人。再進一步想像一個比較正式的場合：一位美麗優雅又具高貴氣質的女士，在主持會議或代表公司為貴賓做簡報時，發音失誤連連，將「為各位做一個十分鐘的簡報」說成「為夠位做一狗俗分宗的簡霸」；「感謝聆聽」說成「感夏寧聽」，魅力盡失，這真是非常的可惜。英文完全一樣，錯誤的發音令人對說話者的語言難以恭維。因此，各位就不難理解，在面談之時，一位口齒清晰、字正腔圓的求職者，和一位咬字模糊、怪腔怪調的求職者，境遇自呈不同！

　　遺憾的是，雖然我們學子的英語發音已經愈趨進步，但是因為英語終究是外國語言，許多數十年前即唸錯的發音，今天仍然在各個學習階段蔓延，包括了學生和若干資深的英語教學工作者，這個景況在愈來愈需具備國際競爭力的地球村，並不妥當。

可幸的是，由二十六個字母所發出的音標當中，其實我們大部分的發音是正確的，失誤的不過是小部分而已。不過正因為這一小部分重複地出現在大部分的英文單字當中，所以使我們的英語說不標準。

或有讀者認為，這樣的差異是因為 KK 音標與 DJ 音標有所不同而造成，其實不然。英語音標至少有七種，但不過是符號不同罷了，其符號所發的音其實是一樣的！另外，雖然美式發音和英式發音在舌頭的力道上稍有不同，但是什麼音標發什麼音，仍然是一樣的。

語言不可粗糙，因為語言的功能除了溝通之外，也孕涵了文化、文字、聲音之美。因此，就「音」而言，即使初學英語，也必須做到「字正腔圓」，正如我們總是期望牙牙學語的孩子也有機會學習標準的口音。我們說話無論或快或慢，發音是否正確，決定了是否「字正」，而語調是否優美，則決定了能否「腔圓」，兩者皆重要，「字正腔圓」正是任何階段的學習者必須做到的。

在這本書中，我會將全部的音標複習一遍，並在 CD 中示範，不過，這本書真正的重點是把我們最常犯的錯誤挑出來，也用 CD 示範，請同學及教學同仁務必虛心學習、仔細聆聽、並認真做習題。只要照著書中的步驟去做，相信在很短的時間之內，各位就可輕鬆地掌握精準的英語發音，並說出流暢圓潤的語調。

小叮嚀 我們如果能說標準的美國英文，只要去倫敦待個幾天，就可說出道地的倫敦腔，所以各位不必費心多想美國和英國口音之異同。

CONTENTS 目錄

PART 1

斤斤計較學母音（元音）

　　凡事都不宜計較，惟「學習」除外。粗糙的學習不但使一個人喪失競爭力，內心也無法擁有那種因為絕對的自信而產生的踏實感，自然也無法展現怡然自得的魅力。英語發音的重要性絕對不容忽視，其中又以母音最為重要。我在教學時，無論面對的是學生或是教學同仁，第一件事必是先和他們討論母音，然後再一一地糾正。同學和教學同仁們也不必氣餒，正如同中國人不一定就能說標準的國語，許多土生土長的美國人也經常唸錯母音，因此演講家、政治家、傳道士、從事播音工作者，也常必須先學習正確的發音和優美的語調，否則他們的語言也一樣難登大雅之堂。著名的演講學者Julias Fast也曾經對美國學子說過：「母音必須標準，而且必須完美，英文才說的好聽。」我完全同意他。

　　想一想，就這幾個母音，哪有學不會的？還有，數十萬個英文字盡歸幾個母音，我們在學習之初，焉能不斤斤計較？

Lesson 1

你以爲 [i] 和 [ɪ] 的差異在於長短？

[i] 的發音如同中國話的「衣」，非常清楚，不需多述。

[I] 雖然號稱 [i] 的「短音」，其實不然。

　　用「長音」或「短音」來區分 [i] 和 [I]，是不正確的，因為 [i] 和 [I] 發音的長短會隨著說話的口氣而改變。急促時，長音自然縮短；強調時，短音自然拉長。所以用「長母音」、「短母音」來區分這二個音標其實是不智的，已經誤導了大多數的學生。

　　[i] 和 [I] 的差別在於發音不同：[I] 的嘴形上下開一點，有一點點偏向注音的 [ㄟ]。我們可以說，[I] 介於 [i] 和 [ㄟ] 之間，如下圖所示。

Track 02-2

eat		**it**		**eight**
[i]	嘴巴上下睜一點 →	[ɪ]	嘴巴上下再睜一點 →	[e]
吃		它		八

Track 02-3

read		**rid**		**raid**
[i]	嘴巴上下睜一點 →	[ɪ]	嘴巴上下再睜一點 →	[e]
讀		避免		襲擊

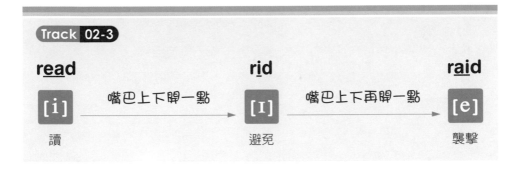

Lesson 2

你以爲 [e] 和 [ɛ] 的差異在於長短？

You're short!

[e]

I'm not shorter than you!

[ɛ]

[e] 和 [ɛ] 真正的差別也在於發音不同。

[ɛ] 的嘴形需比我們以前所學的發音上下再開一點,有一點點偏向 [ə]。我們可以說,[ɛ] 是介於 [e] 和 [ə] 之間。

Track 03-2

[e]	嘴巴上下開一點 →	[ɛ]	嘴巴上下再開一點 →	[ə]
[ㄟ]				[餓]

 練 唸 看

Track 03-3

p<u>ai</u>n

[e] ──嘴巴上下開一點──► **p<u>e</u>n** [ɛ] ──嘴巴上下再開一點──► **op<u>e</u>n** [ə]

痛苦 　　　　　　　　　　筆 　　　　　　　　　　打開

Track 03-4

t<u>a</u>me

[e] ──嘴巴上下開一點──► **t<u>e</u>n** [ɛ] ──嘴巴上下再開一點──► **at<u>o</u>m** [ə]

馴服 　　　　　　　　　　十 　　　　　　　　　　原子

Lesson 3

打敗大多數人的 [æ] 音！

[æ]

有如被勒住脖子，喉嚨被擠壓而發出的怪聲。

Track 04-1

[æ] 的發音需要一些想像力：好似被一條繩子套住了脖子，而且整個人被吊了起來時，喉嚨被擠壓而發出的怪音。

大 師 開 講

[æ] 的發音因為和中文的發音習慣相差太大，所以許多人都發錯了，把它發成偏 [ε] 的音。其實嘴巴要比讀者平時發 [æ] 的時候，上下張大好幾倍，才有可能發出正確的 [æ]。

Track 04-2

[æ]   如果放鬆的話   [ɑ]
———————————————————————————————————→
[緊張怪音]   [啊]

[æ]

Track 04-3

<u>a</u>x

[æ]

斧

————— 完全放鬆 —————→

<u>o</u>x

[ɑ]

公牛

Track 04-4

h<u>a</u>t

[æ]

帽子

————— 完全放鬆 —————→

h<u>o</u>t

[ɑ]

熱

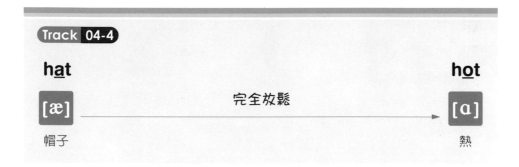

註　p.t.：過去式 (past tense)　　p.p.：過去分詞 (past participle)

1. sleep [　] 睡　　　　　step [　] 踏

slept [　] sleep 的 p.t.　　slip [　] 溜

2. say [　] 說　　　　　says [　] 說（第三人稱單數）

said [　] say 的 p.t.　　seed [　] 種子

3. teen [　] 青少年　　　tin [　] 錫

ten [　] 十　　　　　tame [　] 馴服

4. wait [　] 等　　　　　weed [　] 雜草

wet [　] 濕　　　　　wig [　] 假髮

5. regret [　][　] 後悔　great [　] 偉大的

greed [　] 貪婪 (n.)　　grit [　] 粗砂

6. key [　] 鑰匙　　　　kick [　] 踢

cake [　] 蛋糕　　　cage [　] 籠子

7. gate [　] 大門　　　　get [　] 得到

geek [　] 老土　　　gym [　] 健身房

8.

biscuit [ ] [ ] 餅乾	begin [ ] [ ] 開始
believe [ ] [ ] 相信	bet [ ] 打賭

9.

cheek [ ] 面頰	chess [ ] 棋
cheesc [ ] 起司	chase [ ] 追趕

10.

late [ ] 遲的	let [ ] 讓	lead [ ] 帶領
lead [ ] 鉛	led [ ] lead 的 p.t.	

1. ( )　① late 遲　　② let 讓

2. ( )　① seek 尋找　　② sick 生病

3. ( )　① Tim 提姆　　② team 隊

4. ( )　① wait 等　　② wet 濕

5. ( )　① hill 山坡　　② heal 痊癒

6. ( )　① tell 告訴　　② tail 尾巴

7. ( )　① sell 賣 (v.)　　② sale 賣 (n.)

8. ( )　① mate 夥伴　　② met 「遇見」的 p.t. 和 p.p.

9. ( )　① steal 偷　　② still 仍然

10. ( )　① sheet 紙張　　② shit 屎

答 案 ● ● ● ● ● ●

一

1. [i]　　　[ɛ]
   [ɛ]　　　[ɪ]
2. [e]　　　[ɛ]
   [ɛ]　　　[i]
3. [i]　　　[ɪ]
   [ɛ]　　　[e]
4. [e]　　　[i]
   [ɛ]　　　[ɪ]
5. [ɪ] [ɛ]　[e]
   [i]　　　[ɪ]

6. [i]　　　[ɪ]
   [e]　　　[e]
7. [e]　　　[ɛ]
   [i]　　　[ɪ]
8. [ɪ] [ɪ]　[ɪ] [ɪ]
   [ɪ] [i]　[ɛ]
9. [i]　　　[ɛ]
   [i]　　　[e]
10. [e]　　　[ɛ]　　　[i]
    [ɛ]　　　[ɛ]

二

1. ②
2. ②
3. ①
4. ②
5. ①

6. ②
7. ①
8. ①
9. ②
10. ①

Lesson 4

你以為 [ɑ] 和 [ʌ] 的差異在於長短？

[ɑ] 正如同我們所說的 [啊]，非常清楚，不需多述。

 練 唸 看

Track 06-1

hot		hut
[ɑ]	嘴巴上下縮小 ———————————→	[ʌ]
熱的		茅屋

值得一提的是，我們常聽人說的 ". com"，其實兩個發音都錯了。

Track 06-2

錯 ▷ 音非如此： .com

對 ▷ 而是如此： .com　(dot [ɑ]　com [ʌ])

　　[ʌ] 雖然被稱為 [ɑ] 的短音，其實兩者的發音並不相同。只需把 [ɑ] 音的嘴巴上下縮一些，就成了 [ʌ]。

Track 07-1

| [ə] | 嘴巴上下開一點 → | [ʌ] | 嘴巴完全放鬆張開 → | [ɑ] |
| [餓] | | | | [啊] |

好餓！

咕──嚕──

小叮嚀　現在網路流行，常可聽到 ".com"，請讀者不要再說錯了，因為這個詞常用，而我們一開口，英文的精緻程度就無所遁形。

28

Track 07-2

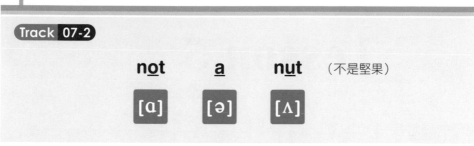

not   **a**   **nut** （不是堅果）

[ɑ]   [ə]   [ʌ]

Track 07-3

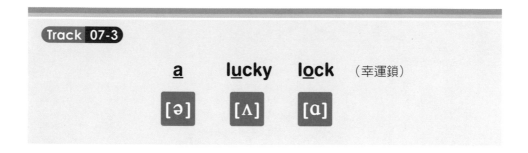

a   **lucky**   **lock** （幸運鎖）

[ə]   [ʌ]   [ɑ]

大 師 開 講

　　另外，如果 [ə] 在 l 或 n 之前，可以在 l 或 n 的下面變成一個點，發音不變，仍是 [ə]。

　　例：**vision** 願景
　　　　　　[ṇ]

　　　practical 實用的
　　　　　　[ḷ]

Lesson 5

[o] 和 [ɔ] 的
口形不同

嘴再拉長一點！

[o] 的發音正如其形，嘴形是圓嘟嘟的。但我們發這個音的時候，卻經常只發出一半，這是不正確的。[o] 的發音要收回來，以 [u] 結尾。這也是為什麼同樣的發音，在 KK 音標的標示是 [o]，DJ音標卻是 [ou]。

[ɔ] 的發音亦如其形，嘴巴上下拉的長長的，缺了一個口，整個音並不是圓潤的 [o]。

Track 08-1

[o] ──嘴巴上下拉長，而且不可收回來，所以沒有 [烏] 的音──→ [ɔ]

[歐烏]

 練 唸 看

Track 08-2

low   **law**

[o] ──嘴巴上下拉長，而且不可收回來，所以沒有 [烏] 的音──→ [ɔ]

低   法律

Track 08-3

woke   **walk**

[o] ──嘴巴上下拉長，而且不可收回來，所以沒有 [烏] 的音──→ [ɔ]

wake「醒」的 p.t.   走路

Lesson 6

你以為 [u] 和 [ʊ] 的差異在於長短？

 大 師 開 講

[u] 的發音如同中文的 [烏]，非常清楚。

而至於 [ʊ]，雖然被稱為 [u] 的短音，但事實並非如此：[ʊ] 聽起來好似中文的 [窩]，只是沒有把 [窩]（ㄨㄛ）的音全部發完而已。

練 唸 看

Track 09-1

[u]
[烏]

[ʊ]
[窩]

Track 09-2

shoo**t**
[u]
射

shou**ld**
[ʊ]
應該

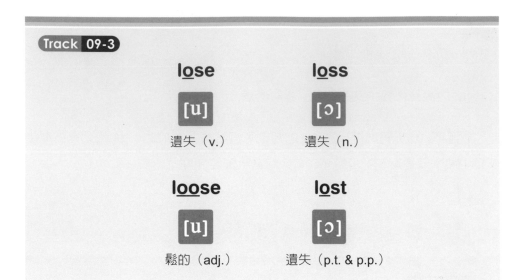

l**o**se	l**o**ss
[u]	[ɔ]
遺失（v.）	遺失（n.）

l**oo**se	l**o**st
[u]	[ɔ]
鬆的（adj.）	遺失（p.t. & p.p.）

You l**o**st your b**oo**k.

是誰在吵啊！

小叮嚀 讀者常把這幾個字的詞類和發音混淆，這次可得反覆練習，不要再出錯了。

EXERCISE

2

1. (　)　① hate 恨　② hat 帽

2. (　)　① heat 熱度　② hit 打

3. (　)　① mow 割草　② mall 商場

4. (　)　① beat 拍子　② bit（bite 的 p.t.）咬

5. (　)　① mad 生氣　② made（make 的 p.t. & p.p.）做

6. (　)　① said（say 的 p.t. & p.p.）說　② sad 悲傷

7. (　)　① boat 船　② bought（buy 的 p.t. & p.p.）買

8. (　)　① plane 飛機　② plan 計畫

9. (　)　① gate 大門　② get 拿到

10. (　)　① not 不　② nut 堅果

11. (　)　① spit 吐　② speed 速度

12. (　)　① mommy 媽咪　② mummy 木乃伊

13. (　)　① deck 甲板　② duck 鴨子

14. (　)　① we'll（we will 的縮寫形式）　② will 意願

15. (　)　① lock 鎖　② luck 運氣

二　請在 [　] 寫出畫線部分的音標，並在 (　) 寫出其中文以及詞類。

1.　lose　　　　　lost　　　　　loose
　　[　]　　　　　[　]　　　　　[　]
　(　　　)　　　(　　　)　　　(　　　)

36

2.　　bought　　　　　caught　　　　　brought

　　　[ ]　　　　　　[ ]　　　　　　　[ ]

　　（　　）　　　　（　　　）　　　　（　　　）

3.　　choice　　　　　chose　　　　　choose

　　　[ ]　　　　　　[ ]　　　　　　　[ ]

　　（　　）　　　　（　　　）　　　　（　　　）

4.　　nation　　　　　national　　　　nature

　　[ ]　　　　　　[ ]　　　　　　[ ]

　　（　　）　　　　（　　　）　　　　（　　　）

5.　　regret　　　　　neglect　　　　natural

　　[ ] [ ]　　　　[ ] [ ]　　　　[ ]

　　（　　）　　　　（　　　）　　　　（　　　）

6.　　him　　　　　　ham　　　　　　whom

　　[ ]　　　　　　[ ]　　　　　　　[ ]

　　（　　）　　　　（　　　）　　　　（　　　）

7.　　wedding　　　　waiting　　　　Wendy

　　[ ] [ ]　　　　[ ] [ ]　　　　[ ]

　　（　　）　　　　（　　　）　　　　（　　　）

8.   know   now   known
       [   ]   [   ]   [   ]
     (   )   (   )   (   )

9.   shake   shook   shock
       [   ]   [   ]   [   ]
     (   )   (   )   (   )

10. foe   woe   fowl
       [   ]   [   ]   [   ]
     (   )   (   )   (   )

答 案 ● ● ● ● ● ●

一

1. ②	6. ②	11. ②
2. ①	7. ①	12. ①
3. ①	8. ①	13. ①
4. ②	9. ①	14. ①
5. ②	10. ②	15. ②

二

1.　[u]　　　　　　　[ɔ]　　　　　　　[u]
　　（遺失，v.）　　（lose 的 p.t.）　　（鬆的，adj.）

2.　[ɔ]　　　　　　　[ɔ]　　　　　　　[ɔ]
　　（buy 的 p.t. 和 p.p.）　　（catch 的 p.t. 和 p.p.）　　（bring 的 p.t. 和 p.p.）

3.　[ɔ]　　　　　　　[o]　　　　　　　[u]
　　（選擇，n.）　　（choose 的 p.t.）　　（選擇，v.）

4.　[e]　　　　　　　[æ]　　　　　　　[e]
　　（國家，n.）　　（國家的，adj.）　　（大自然、天性，n.）

5.　[ɪ] [ɛ]　　　　　[ɪ] [ɛ]　　　　　[æ]
　　（後悔，v.）　　（疏忽，v.）　　（自然的，adj.）

6.   [ɪ]   [æ]   [u] 或 [ʊ] 皆可
       （he 的受詞，pron.）（火腿，n.）   （who 的受詞，pron.）

7.   [ɛ] [ɪ]   [e] [ɪ]   [ɛ]
       （婚禮，n.）   （wait 的現在分詞）   （溫蒂，n.）

8.   [o]   [aʊ]   [o]
       （知道，n.）   （現在，adv.）   （know 的 p.p.）

9.   [e]   [ʊ]   [ɑ]
       （搖，v.）   （shake 的 p.t.）   （震撼，v.）

10.   [o]   [o]   [aʊ]
       （敵人，n.）   （災禍，n.）   （家禽，n.）

Lesson 7

[ɚ] 是小捲舌
[ɜ] 是大捲舌

　　[ɚ] 和 [ɜ] 都是捲舌音，因為它們本身的那個小尾巴就是字母 "r" 的形象。兩者的不同之處在於 [ɚ] 是小捲舌，而 [ɜ] 是較強調的捲舌音。

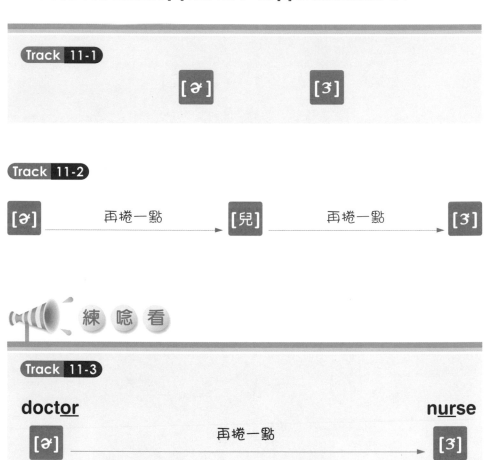

練 唸 看

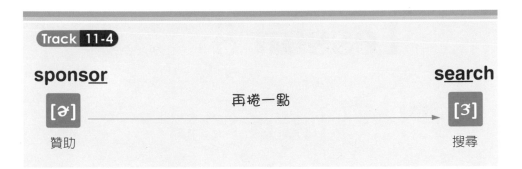

Track 11-4

spons<u>or</u>　　　　　　　再捲一點　　　　　　　**s<u>ear</u>ch**

[ɚ]　————————————————→　[ɜ]

贊助　　　　　　　　　　　　　　　　　　　搜尋

再捲一點！
再捲一點！

小叮嚀　英式發音較為慵懶，所以它的捲舌音很淺，無論是 [ɚ] 或 [ɜ]，都發在 [ə] 和 [ɚ] 之間。不過這不用刻意學習，到了英國，自然就會了。

Lesson 8

[aɪ] [aʊ] [ɔɪ]：
雙母音的尾音不可少

分不開的兩個音！

 大 師 開 講

　[aɪ] 的發音如同 [愛]，但是要把尾音收回來，發音用 [伊] 結束才完整，因此 [aɪ] 的發音是 [愛伊]，而不是單音 [愛]。

　[aʊ] 的發音如同 [奧]，但也要收尾，它的收尾音是把 [屋] 的音發一半做為結束才完整，因此 [aʊ] 的發音是 [奧屋]，而不是單音 [奧]。

　[ɔɪ] 的發音並非 [歐伊]，而是如同台語的 [黑的]。

Track 12-1

[aɪ]　　[aʊ]　　[ɔɪ]

[aɪ] = [愛伊]

練 唸 看

like	out	toy
[aɪ]	**[aʊ]**	**[ɔɪ]**
喜歡	外出	玩具

錯 ▸ 音非如此：**like** 🎧

對 ▸ 而是如此：**like** 🎧

錯 ▸ 音非如此：**out** 🎧

對 ▸ 而是如此：**out** 🎧

錯 ▸ 音非如此：**toy** 🎧

對 ▸ 而是如此：**toy** 🎧

Lesson 9

母音總複習

請跟著 **CD**，複習母音的發音直到熟練為止。

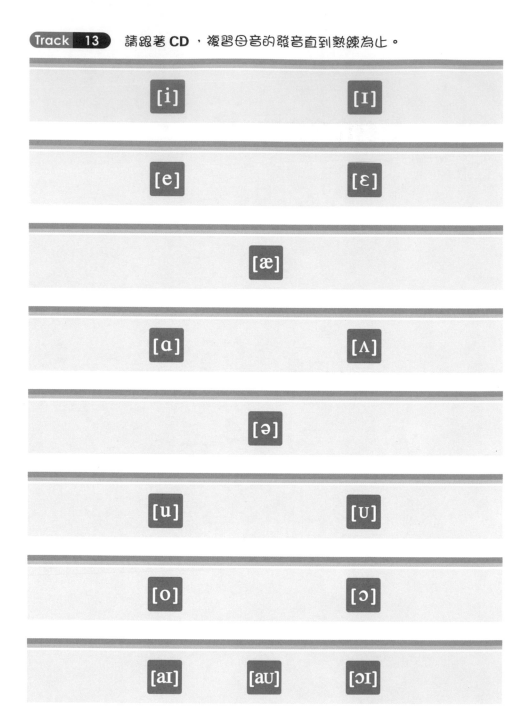

[i]　　　[ɪ]

[e]　　　[ɛ]

[æ]

[ɑ]　　　[ʌ]

[ə]

[u]　　　[ʊ]

[o]　　　[ɔ]

[aɪ]　[aʊ]　[ɔɪ]

Lesson 10

嘴形決定發音

嘴形！嘴形！
嘴形很重要！

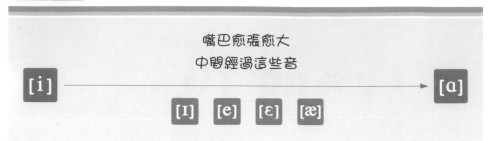

嘴巴愈張愈大
中間經過這些音

[i] ⟶ [ɑ]

[ɪ]　[e]　[ɛ]　[æ]

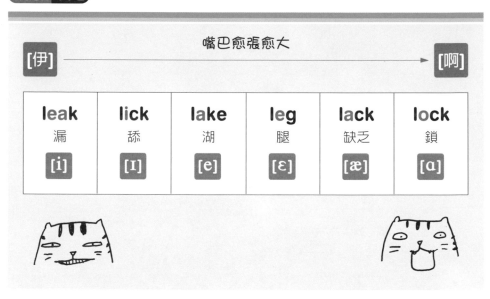

嘴巴愈張愈大

[伊] ⟶ [啊]

leak	lick	lake	leg	lack	lock
漏	舔	湖	腿	缺乏	鎖
[i]	[ɪ]	[e]	[ɛ]	[æ]	[ɑ]

小叮嚀　每個音都要發得穩穩的，這幾個音無論是發一秒鐘還是一分鐘，自始至終口形都不可改變。

[o]

嘴呈圓形

[ɔ]

嘴上下拉開，呈橢圓形

[u]

嘟嘴呈 [烏] 音

[ʊ]

不嘟嘴，由 [烏] 開始，[哦] 結尾

EXERCISE
3

① [i]   ⑦ [ʌ]   ⑬ [ɜ]

② [ɪ]   ⑧ [ə]   ⑭ [ɚ]

③ [e]   ⑨ [o]   ⑮ [aʊ]

④ [ɛ]   ⑩ [ɔ]   ⑯ [ɔɪ]

⑤ [æ]   ⑪ [u]   ⑰ [aɪ]

⑥ [ɑ]   ⑫ [ʊ]

1. ( )	7. ( )	13. ( )
2. ( )	8. ( )	14. ( )
3. ( )	9. ( )	15. ( )
4. ( )	10. ( )	16. ( )
5. ( )	11. ( )	17. ( )
6. ( )	12. ( )	

1.　（ 10 ）　　　8.　（ 9 ）　　　15.　（ 4 ）

2.　（ 7 ）　　　9.　（ 8 ）　　　16.　（ 17 ）

3.　（ 6 ）　　　10.　（ 12 ）　　　17.　（ 16 ）

4.　（ 13 ）　　　11.　（ 15 ）

5.　（ 1 ）　　　12.　（ 2 ）

6.　（ 5 ）　　　13.　（ 11 ）

7.　（ 14 ）　　　14.　（ 3 ）

Lesson 11

你以為你唸對了嗎？
——單字篇

常錯的音

[ɪ]

錯	嘴巴上下開一點 → 對
sister	sister [ɪ]
sing	sing [ɪ]
fit	fit [ɪ]
eleven	eleven [ɪ]　[ɛ]

常錯的音

[ɛ]

錯	嘴巴上下睜一點 → 對
sell	sell [ɛ]
bell	bell [ɛ]
yes	yes [ɛ]
met	met [ɛ]

常錯的音

[æ]

錯 嘴巴上下開一點，舌根用力向下壓 對	
fat	fat [æ]
class	class [æ]
sad	sad [æ]
wax	wax [æ]

小叮嚀 〔æ〕的音是壓「舌根」，而非壓「舌尖」，讀者一般正好反其道而行，必須修正。

常錯的音

[ʊ]

錯	音似 [窩]，但只發 [窩] 的前大半部分	對
should		**should** [ʊ]
would		**would** [ʊ]
cook		**cook** [ʊ]
look		**look** [ʊ]

常錯的音

[ɔ]

錯	嘴巴上下開一點 →	對

錯	對
chocolate	**chocolate** [ɔ]
naughty	**naughty** [ɔ]
thought	**thought** [ɔ]
walk	**walk** [ɔ]

Lesson 12

你以為你唸對了嗎？
——字串篇

 大 師 開 講

以下的英文雖然看似基礎至極，但是根據我的觀察，絕大多數的華人英語學習者並不能標準說出以下的字串，請仔細聽CD，並多次模仿、練習：

先從兩個字開始：

Track 22-1

s<u>i</u>x p<u>ie</u>c<u>e</u>s（六個）

錯 ⊙ 🎧

對 ⊙ 🎧

[ɪ]　　[i]　[ɪ]

Track 22-2

<u>ei</u>ght m<u>i</u>n<u>u</u>tes（八分鐘）

錯 ⊙ 🎧

對 ⊙ 🎧

[e]　　　　[ɪ] [ɪ]

Track 23-1

h<u>a</u>te h<u>i</u>m（恨他）

錯 ⊙ 🎧

對 ⊙ 🎧

[e]　　　[ɪ]

Track 23-2   w**a**lk th**e**re（走到那兒）

錯 ▶ 🎧

對 ▶ 🎧

[ɔ]   [ɛ]

Track 23-3   sw**i**m f**a**st（游地很快）

錯 ▶ 🎧

對 ▶ 🎧

[ɪ]   [æ]

三個字的練習：

Track 24-1   **I**t w**o**rks w**e**ll.（它的功能很好。）

錯 ▶ 🎧

對 ▶ 🎧

[ɪ]   [ɝ]   [ɛ]

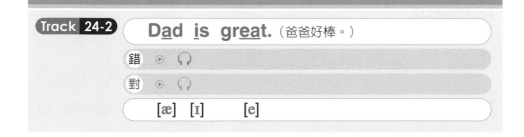

Track 24-2   D**a**d **i**s gr**ea**t.（爸爸好棒。）

錯 ▶ 🎧

對 ▶ 🎧

[æ] [ɪ]   [e]

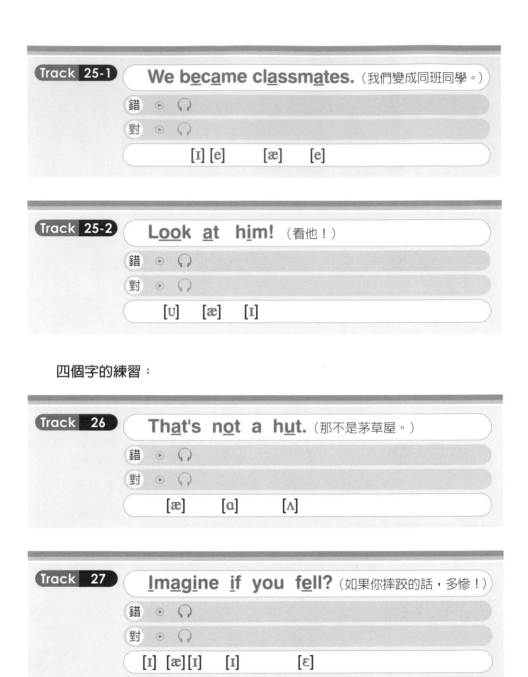

Track 25-1

We bec**a**me cl**a**ssm**a**tes. （我們變成同班同學。）

錯 ▷ 🎧

對 ▷ 🎧

[ɪ] [e]　　[æ]　　[e]

Track 25-2

L**oo**k **a**t h**i**m! （看他！）

錯 ▷ 🎧

對 ▷ 🎧

[ʊ]　　[æ]　　[ɪ]

四個字的練習：

Track 26

Th**a**t's n**o**t a h**u**t. （那不是茅草屋。）

錯 ▷ 🎧

對 ▷ 🎧

[æ]　　　[ɑ]　　　[ʌ]

Track 27

Im**a**g**i**ne **i**f you f**e**ll? （如果你摔跤的話，多慘！）

錯 ▷ 🎧

對 ▷ 🎧

[ɪ] [æ][ɪ]　　[ɪ]　　　　[ɛ]

EXERCISE
4

1.　eleven　　　　elephant

　　[　][　]　　　[　][　]

　　(　　　)　　　(　　　)

2.　tax　　　　　takes

　　[　]　　　　[　]

　　(　　　)　　(　　　)

3.　nature　　　natural

　　[　]　　　　[　]

　　(　　　)　　(　　　)

4.　sleep　　　slip

　　[　]　　　[　]

　　(　　　)　　(　　　)

5.　classmate　　met

　　[　] [　]　　[　]

　　(　　　)　　(　　　)

6.　skip　　　　ski　　　　skate

　　[　]　　　[　]　　　[　]

　　(　　　)　　(　　　)　　(　　　)

7. w<u>o</u>n't   w<u>e</u>nt   w<u>a</u>nt

    [　]   [　]   [　]

    (　　　)   (　　　)   (　　　)

8. h<u>a</u>te   h<u>a</u>t   h<u>ea</u>t

    [　]   [　]   [　]

    (　　　)   (　　　)   (　　　)

9. h<u>ai</u>r   h<u>a</u>re   h<u>ei</u>r

    [　]   [　]   [　]

    (　　　)   (　　　)   (　　　)

10. s<u>o</u>n   s<u>o</u>ng   s<u>u</u>n

    [　]   [　]   [　]

    (　　　)   (　　　)   (　　　)

1. [ɪ] [ɛ]　　　　　　[ɛ] [ə]
（十一，n.）　　　　（大象，n.）

2. [æ]　　　　　　　[e]
（稅，n.）　　　　　（拿，take 的第三人稱單數動詞）

3. [e]　　　　　　　[æ]
（大自然，n.）　　　（大自然的，adj.）

4. [i]　　　　　　　[ɪ]
（睡，v.）　　　　　（滑，v.）

5. [æ] [e]　　　　　[ɛ]
（同班同學，n.）　　（meet 的 p.t. & p.p.）

6. [ɪ]　　　　　　　[i]　　　　　　　[e]
（跳，v.）　　　　　（滑雪，v.）　　　（溜冰，v.）

7. [o]　　　　　　　[ɛ]　　　　　　　[ɑ]
（will not 的縮寫形式）（go 的 p.t.）　　　（要，v.）

8. [e]　　　　　　　[æ]　　　　　　　[i]
（恨，v.）　　　　　（帽子，n.）　　　（熱氣，n.）

9. [ɛ]　　　　　　　[ɛ]　　　　　　　[ɛ] (h 不發音)
（頭髮，n.）　　　　（野兔，n.）　　　（繼承人，n.）（繼承，v.）

10. [ʌ]　　　　　　　[ɔ]　　　　　　　[ʌ]
（兒子，n.）　　　　（歌曲，n.）　　　（太陽，n.）

Lesson 13

母音的捷徑

 大 師 開 講

　　母音雖多有變化，但是仍有若干的規則可循，幫助我們不看音標，就可以發出正確或近乎正確的英文。首先一個可以讓我們省去查字典的捷徑就是，一個單字如果是e結尾，則a、e、i、o、u 唸字母本身的音，即 a 唸 [e]、e 唸 [i]、i 唸 [aɪ]、o 唸 [o]、u 唸 [ju]。

　　例：**fad**e 褪
　　　　[e]
　　　　就唸字母 "a"

　　　　gene 基因
　　　　[i]
　　　　就唸字母 "e"

　　　　nice 好
　　　　[aɪ]
　　　　就唸字母 "i"

　　　　mole 痣
　　　　[o]
　　　　就唸字母 "o"

　　　　cute 可愛
　　　　[ju]
　　　　就唸字母 "u"

另外，母音中又以 a、e、i 三個字母的發音較為規律。

a		
[æ]	**"a" 通常發 [æ] 的音** 例 **c<u>a</u>t**　**p<u>a</u>st**　**l<u>a</u>b**　**st<u>a</u>nd** 　　[æ]　　[æ]　　[æ]　　[æ] 　　貓　　過去　　實驗室　　站	
[e]	**單字以 "e" 結尾時，則 "a" 唸原音 [e] 即可** 例 **c<u>a</u>ke**　**c<u>a</u>se**　**p<u>a</u>ste**　**f<u>a</u>de**　**s<u>a</u>fe** 　　[e]　　[e]　　[e]　　[e]　　[e] 　　蛋糕　　案子　　漿糊　　衰退　　安全的	
[ɑ]	**"a" 後面是 "r" 時，a 唸 [ɑ]** 例 **l<u>a</u>rge**　**b<u>a</u>r**　**m<u>a</u>rket**　**c<u>a</u>r** 　　[ɑ]　　　[ɑ]　　　[ɑ]　　　[ɑ] 　　大的　　酒吧　　市場　　車子	

你的 fashion 唸得一點
[æ]
都不時尚喔！

沒人比我懂
fashion！
[æ]

e	同樣地，單字以 "e" 結尾時，則保持原音。 例 **c**e**de**　　**g**e**ne**　　**comp**e**te** 　　[i]　　　　[i]　　　　　[i] 　　割讓　　　基因　　　　競爭
[i]	**"e" 重覆自己時，也唸原音 [i]** 例 **sl**ee**p**　　　**k**ee**p**　　　**sh**ee**p** 　　[i]　　　　[i]　　　　[i] 　　睡　　　　保持　　　綿羊
[i]	**"ea" 常唸 [i]** 例 **sp**ea**k**　　　**t**ea**m**　　　**p**ea 　　[i]　　　　[i]　　　　[i] 　　說　　　　小組　　　碗豆
[ε]	**"ea" 也常唸 [ε]（"ea" 不是唸 [i]，就是唸 [ε]）** 例 **spr**ea**d**　　**d**ea**f**　　　**sw**ea**t** 　　[ε]　　　　[ε]　　　　[ε] 　　展開　　　聾的　　　流汗

i	
[ɪ]	**通常發 [ɪ] 的音** 例 **k**i**ss**　　　**sp**i**t**　　　**w**i**t** 　　[ɪ]　　　　[ɪ]　　　　[ɪ] 　　吻　　　　吐痰、吐口水　才智
[aɪ]	**若是單字以 "e" 結尾時，當然唸原音 [aɪ]** 例 **l**i**e**　　　　**b**i**te**　　　**l**i**me** 　　[aɪ]　　　　[aɪ]　　　　[aɪ] 　　躺、說謊　　咬　　　檸檬（綠）

Lesson 14

這幾個母音蠻有趣

大 師 開 講

　　其實每一個母音都有一種特殊的會意傾向，但是因為這種傾向仍有若干例外，所以本章僅提供一角，看看它們有趣之處。

[O]	「大」或「圓」之意	
	thr<u>**oa**</u>**t** [O] 喉嚨	**sw**<u>**o**</u>**llen** [O] 腫的
	wh<u>**o**</u>**le** [O] 全部	**h**<u>**o**</u>**le** [O] 洞
	m<u>**o**</u>**le** [O] 痣	

[i]	常表示「沈」與「暗」之意	
	sl<u>**ee**</u>**p** [i] 睡眠	**n**<u>**ee**</u>**d** [i] 需要
	ch<u>**ea**</u>**t** [i] 欺騙	**s**<u>**ea**</u> [i] 海洋
	m<u>**ea**</u>**n** [i] 卑鄙的	

[I]	常表示「輕快」之意	
	sl<u>**i**</u>**p** [I] 溜	**bl**<u>**i**</u>**nk** [I] 眨眼
	qu<u>**i**</u>**ck** [I] 快	**k**<u>**i**</u>**ss** [I] 吻
	s<u>**i**</u>**p** [I] 吸一口	

小叮嚀　既有例外，就非定律。既非定律，就不用記背。

PART 2

輕輕鬆鬆學子音（輔音）

除了 a、e、i、o、u 五個母音之外，另外 21 個字母所發的都是子音。

比較起來，子音比母音簡單得多，因為什麼字母發什麼音有一定的規範，所以子音的變化比母音少，我把它們整理如下。

註　y 在母音之前，音標是 [j]，音同母音 [i]，但 y 又在 21 個子音之列，所以 [j] 叫做半母音。

Lesson 1

子音一點通

子音是 a piece of cake! ...

嗯、嗯……

我把二十六個字母歸納成簡表,一邊討論子音,同時複習母音。

母音	子音		
a	發出接近字母 "a" 的音		
	單字是 e 結尾時,發原字母音。五個母音均有同一個現象。	**l**a**te** 遲的 **s**a**fe** 安全的 唸字母原音 [e] **c**a**ve** 洞穴	
	一般發 [æ]	**a**pple 蘋果 **l**a**b** 實驗室 **f**a**t** 胖的	
	ar 唸 [ɑr]	**l**a**rge** 大的 **b**a**rt** 地鐵 **f**a**rt** 放屁	

母音	子音	
b	發原音 [b]	**b**ook 書 **b**us 公車 **b**ee 蜜蜂
	在 m 之後的 b 不發音	co**mb** 梳子 cli**mb** 爬 nu**mb** 麻痺

Bye! Bye!

m 之後的 b 不發音喔!

母音	子音		
	c	c在a、o、u之前 多發 [**k**]	**c**all 叫 **c**ab 計程車 **c**ut 切
		c在子音之前，也發 [**k**]	**c**lock 鐘 **c**reek 小溪 **c**rew 船員組／飛機組員
		c在e、i和半母音y之 前發 [**S**]	**c**ell 細胞 **c**ylinder 圓柱體 **c**ider 西打 **c**ertify 證明
	d	發本音 [**d**]	**goo**d 好 **ba**d 壞

母音	子音		
e		同樣，以 "e" 結尾時， 發字母原音 [**i**]	**c**ede 割讓 d**el**ete 刪除 g**e**ne 基因
		其餘則多發 [**I**] 或 [**ε**]	**e**mergent 緊急的 **e**motion 情緒　　　　[**I**] **e**nvironment 環境
			embassy 領事館 **e**lse 另外　　　　　　[**ε**] **e**ntry 進入
		偶而也發 [**i**]	**e**go 自我 **e**qual 相等的 **E**thiopia 衣索匹亞

母音	子音		
	f	發本音	**face** 臉 **future** 未來 **fact** 事實
g		g 也是在 a、o、u 這三個母音之前唸 [**g**]（ㄍ） 註：c 也同樣在這三個母音之前唸 [**k**]（ㄎ）（變化同 c）	**game** 遊戲 **gate** 門口
			gold 黃金 **goggles** 蛙鏡
			guess 猜 **gum** 牙肉、口香糖
		在子音之前也發 [**g**]（ㄍ）	**great** 偉大的 **glad** 高興的
		有時發 [d ʒ]	**giant** 巨人 **orange** 柳橙
h		[**h**]	**hot** 熱的 **hello** 哈囉
		不發音	**heir** 繼承人 **Afghan** 阿富汗人

母音	子音		
i		音節以 "e" 結尾，發字母原音 [**aɪ**]	**like** 喜歡 **die** 死亡 **white** 白色
		"i" 後接 ght，也發 [**aɪ**]	**bright** 明亮的 **light** 光線 **might** 或許
		其餘字發 [**ɪ**]	**six** 六 **fit** 適合 **whim** 急智

母音	子音		
	j	[**dʒ**]	**jello** 果凍 **jazz** 爵士音樂與舞蹈 **Java** 爪哇
	k	發本音 [**k**]	**kiss** 吻 **look** 看 **meek** 溫和的

母音	子音		
	l	在母音之前唸注音符號 [ㄌ]	**l**ike 喜歡 **l**ion 獅子 p**l**ease 請
		在母音之後唸這個字母 "l" [ɛl] 的後半音，也就是收尾音 [ㄡ]，然後把舌頭往上顎碰一下	pi**ll** 藥丸 hee**l** 腳跟 sea**l** 海豹
m		在母音之前唸注音符號 [ㄇ]	**m**e I 的受格 **m**oon 月亮 **m**u**m**my 木乃伊
		在母音之後，唸字母 "m" [ɛm] 自己的收尾音	Sa**m** 山姆 boo**m** 景氣繁榮 gy**m** 健身房
n		在母音之前唸注音符號 [ㄋ]	**n**ight 夜晚 **n**o 不 **n**aughty 頑皮的
		在母音之後唸字母 "n" [ɛn] 自己的收尾音，也就是注音符號 [ㄣ]	soo**n** 很快的 pe**n** 筆 fa**n** 風扇

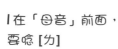

l 在「母音」前面，要唸 [ㄌ]

母音	子音			
O		全部的母音皆同，單字以 "e" 結尾時，發本音 [O]	[O]	**el**o**pe** 私奔 **v**o**te** 投票 **zyg**o**te** 受精卵
		發出接近 "o" 的母音，包括 [O] 和 [Ɔ]	[O]	**s**o**ld** sell 的 p.t. & p.p. **g**o 去 **n**o**te** 摘記
			[Ɔ]	**s**o**rry** 抱歉的 **m**o**p** 拖把 o**ral** 口頭
		"oo" 發 [u] 或 [U]	[u]	**l**oo**se** 鬆了 **sp**oo**ky** 陰森森的 **r**oo**f** 屋頂
			[U]	**c**oo**k** 煮 **l**oo**k** 看 **s**oo**t** 煤灰

母音	子音		
	p	發本音 [p]	**Peter** 彼得（男子名） **pot** 鍋 **potato** 馬鈴薯
	q	發 [k]，常和母音 "u" 一起，"qu" 發 [kw]	**Iraq** [k] 伊拉克 **queen** [kw] 女王 **quota** [kw] 配額 **quarrel** [kw] 爭吵
	r	在母音之前唸 [如]	**read** 讀 **rain** 下雨 **repeat** 重複
		在母音之後，則和前一個母音一起發捲舌音，包括 [ɚ] 和 [ɜ]	**sister** [ɚ] 姊妹 **doctor** [ɚ] 醫生 **first** [ɜ] 首先
	s	發本音 [S]	**special** 特別的 **bus** 公車 **class** 課
		經常看到音標是 [Z]，但仍要發 [S]（特別注意）	**is** 是 **these** 這些 **monkeys** 猴子（複數） **ears** 耳朵（複數） **noses** 鼻子（複數）
		有時發 [ʒ]，即中文的 [日]	**usually** 通常的 **casual** 偶發的 **occasion** 場合
	t	發本音 [t]	**tea** 茶 **salt** 鹽

經常看到音標是 [Z]，但仍要發 [S]

母音	子音		
u		所有的母音都一樣，音節以 "e" 結尾時，發原音 [ju]	**cute** 可愛的 **execute** 執行 **mute** 失聲
		通常發 [ʌ]	**under** 在……之下 **luck** 運氣 **fuss** 小題大作

母音	子音		
	v	發本音 [v]	**violet** 紫羅蘭 **stove** 爐 **envelope** 信封
	w	發字母 "w" 的收尾音：[屋]	**wall** 牆 **wolf** 狼 **well** 良好地
	x	在母音之前發 [z]	**xylophone** 木琴 **xenophobia** 仇外 (n.) **xerox** 影印 (n. v.)
		在母音之後唸 [ks]	**box** 盒子 **fax** 傳真 **botox** 肉毒桿菌

母音	子音		
y		雖然音標常寫成母音 [I]，但是習慣上不唸 [I]，而唸 [i] [伊]	**comed**y 喜劇 **siss**y 娘娘腔 **dand**y 體面的人
		在母音前發 [j]（發音仍是 [伊]），因為音同母音 [i]，所以亦稱半母音。	**y**awn 打呵欠 **y**ard 庭院 **y**ellow 黃色的
		oy 發 [ɔI]，發音不是 [歐伊]，而是台語的 [黑的]	**o**y**ster** 蚵仔 **co**y 扭扭捏捏的 **bo**y 男孩
		ay 發 [e]	**d**ay 一天 **h**ay 乾草 **sl**ay 殺死
z		發本音 [z]	**z**ip 拉拉鍊 **z**one 區域 **bu**zz 嗡嗡聲

Lesson 2

複合音：字母+字母所生出的子音

子音除了上一個單元所討論的之外，尚有下列複合式字母所發出的子音：

字母	音標	例子	
ch	[k]	**sch**ool 學校 **ch**emistry 化學	（[k] 在 [s] 後面的時候，因為這兩個出氣音擠在一起，不好發聲，所以後者改成「出聲」音 [ㄍ]，也就是 [g]）
	[tʃ]	**ch**urch 教堂 tea**ch** 教	（[tʃ] 的發音如同 [ㄔ]，但是只有氣而無聲。）

字母	音標	唸法	例子
dr	[dr]	[朱]	**dr**ink 喝 **dr**op 落下
tr	[tr]	[出]	**tr**eat 對待　　　**tr**ee 樹 **tr**uck 卡車
du	[dʒʊ]	[啄]	indi**vi**dual 個人 sche**du**le 時間表
ds	[dz]	[ㄗ]	bir**ds** 小鳥 (pl.) be**ds** 床 (pl.)
ts	[ts]	[ㄘ] 只出氣而無聲	ca**ts** 貓 (pl.) studen**ts** 學生 (pl.)
sh	[ʃ]	[ㄕ] 只出氣而無聲	**sh**oe 鞋 bu**sh** 短樹叢

常見的複合字尚有以下：

字母	音標	例子	
au	[ɔ]	cause 原因	fault 錯
aw		saw 鋸子	paw 動物的腳掌
qu	[kw]	queen 皇后	question 問題
th	把舌頭伸出，放在上下牙齒之間，咬舌音。（如右圖）		
	只用力出氣：[θ]	thank 感謝	bath 洗澡 (n.)
	只用力出聲：[ð]	this 這個	bathe 幫……洗澡 (v.)
ng	[ŋ]	morning 早上	song 歌曲
gh	有時不發音	naughty 頑皮的	eight 八
	有時 h 不發音，所以只剩 g，唸 [g]	Afghan 阿富汗人	
	唸 [f]	laugh 大笑	
ph	唸 [f]	telephone 電話 graph 圖表	

嗯、嗯、嗯……

小叮嚀 [ŋ] 的模樣像一個大象鼻子的音標，發音就像我們平常說電話時，一邊點頭，一邊隨口所發出，表示同意的「嗯……」（但不能閉嘴巴）。

Lesson 3

這幾個子音很重要
──要熟唸

這個部分很重要……

[tʃ] [dʒ]

我們整理一下重要子音：

字母	音標	唸法	例子
sh	[ʃ]	[ㄕ]，只出氣而無聲	**sh**ould 應該 bu**sh** 灌木
tr	[tr]	[ㄓ]	**tr**ain 火車 **tr**eat 對待
ch	[tʃ]	[ㄔ]，只出氣而無聲	**ch**air 椅子 **ch**oose 選擇
j	[dʒ]	[紙]	**J**apan 日本 **j**oke 玩笑
s	[ʒ]	[日]	occa**s**ion 場合 u**s**ual 通常
dr	[dr]	[朱]	**dr**eam 夢 **dr**aw 拉
ds	[dz]	[子]	see**ds** 種子 (pl.) fa**ds** 風尚 (pl.)
ts	[ts]	[ㄘ]，只出氣而無聲	boo**ts** 靴子 (pl.) po**ts** 鍋子 (pl.)

1.　sweep　　　　　swim　　　　　swing

　　[　　]　　　　[　　]　　　　[　　]

　　(　　　)　　　(　　　)　　　(　　　)

2.　Tom　　　　　tame　　　　　tomb

　　[　　]　　　　[　　]　　　　[　　]

　　(　　　)　　　(　　　)　　　(　　　)

3.　Tony　　　　　Antony　　　　tonic

　　[　　]　　　　[　　]　　　　[　　]

　　(　　　)　　　(　　　)　　　(　　　)

4.　climb　　　　　clam　　　　　comb

　　[　　]　　　　[　　]　　　　[　　]

　　(　　　)　　　(　　　)　　　(　　　)

5.　example　　　　explain　　　　exemplify

　　[　　]　　　　[　　]　　　　[　　]

　　(　　　)　　　(　　　)　　　(　　　)

6.　expense　　　　expand　　　　extend

　　[　　]　　　　[　　]　　　　[　　]

　　(　　　)　　　(　　　)　　　(　　　)

7. choir   search   scheme

    [   ]   [   ]   [   ]
    (   )   (   )   (   )

8. dream   occasion   Caucasian

    [   ]   [   ]   [   ]
    (   )   (   )   (   )

9. plain   plan   plane

    [   ]   [   ]   [   ]
    (   )   (   )   (   )

10. economy   economist   economics

    [   ]   [   ]   [   ]
    (   )   (   )   (   )

11. give   gave   safe

    [   ]   [   ]   [   ]
    (   )   (   )   (   )

12. spread   spray   speed

    [   ]   [   ]   [   ]
    (   )   (   )   (   )

13. pale   pair   pal

    [   ]   [   ]   [   ]

    (   )   (   )   (   )

14. occasion   Malaysia   vision

    [   ]   [   ]   [   ]

    (   )   (   )   (   )

15. queen   squid   quench

    [   ]   [   ]   [   ]

    (   )   (   )   (   )

1. [swip]（打掃）　　[swɪm]（游泳）　　　[swɪŋ]（搖擺；旋轉）

2. [tɑm]（湯姆）　　[tem]（馴服）　　　[tum]（墳墓）

3. [ˋtonɪ]（湯尼）　　[ˋæntənɪ]（安東尼）　　[ˋtɑnɪk]（滋補的）

4. [klaɪm]（攀爬）　　[klæm]（蚌；蛤蜊）　　[kom]（梳子）

5. [ɪgˋzæmpḷ]（例子）　[ɪkˋsplen]（解釋）　　[ɪgˋzɛmpləˏfaɪ]（舉例）

6. [ɪkˋspɛns]（花費）　[ɪkˋspænd]（膨脹）　　[ɪkˋstɛnd]（伸展）

7. [kwaɪr]（合唱團）　[sɝtʃ]（尋找）　　　[skim]（計畫）

8. [drim]（夢想）　　[əˋkeʒən]（場合）　　[kɔˋkeʒən]（白種人）

9. [plen]（草原）　　[plæn]（計畫）　　　[plen]（飛機；平面）

10. [ɪˋkɑnəmɪ]（經濟）　　　　　　[ɪˋkɑnəmɪst]（經濟學家）
　　[ˏikəˋnɑmɪks]（經濟學）

11. [gɪv]（給予）　　[gev]（give 的過去式）　[sef]（安全的）

12. [sprɛd]（伸展）　　[spre]（噴灑）　　[spid]（速度）

13. [pel]（蒼白的）　　[pɛr]（一對）　　[pæl]（夥伴）

14. [əˋkeʒən]（場合）　　[məˋleʒə]（馬來西亞）　　[ˋvɪʒən]（視力；願景）

15. [kwin]（女王）　　[skwɪd]（花枝）　　[kwɛntʃ]（熄滅）

PART 3

名實不符的音標

[æ] 後面接 "m" 或 "n"

　　雖然 [æ] 的發音是把嘴形拉大，喉嚨緊繃，有若被勒脖子般，發出類似鴨子的叫聲。但是 [æ] 在 [æm] 或 [æn] 當中，所發音的規模則小得多：不用張大嘴，也不似鴨子叫，而是發出以下的音，請讀者比較一下：

Track 28

[æ]	[æm]	[æn]
hat [æ] 帽子	**ham** [æm] 火腿	**hand** [æn] 手
sad [æ] 悲傷的	**Sam** [æm] 山姆	**sand** [æn] 沙

雖然這三個音都是出氣音,但是如果這幾個音的前面有 s,後有母音之時,雖然音標的寫法不變,實際的發音則將這三個出氣音改為只發聲,不再出氣。

前有 [s],後有母音時,[k]、[p]、[t]
的發音改變如下:

音標	實際的聲音
[k] ─────→	[g]
[p] ─────→	[b]
[t] ─────→	[d]

s 和母音前後夾攻,
被擠得沒氣啦!

[k]、[p]、[t]

[k]

[k] 音不變	前雖有 [S],但是後面沒有母音,[k] 也不變	前有 [S],後有母音,[k] 改唸 [g]
cool [k] 酷	ask [k] 問	ski [k] 唸ㄍ 滑雪
book [k] 書	desk [k] 書桌	skate [k] 唸ㄍ 溜冰
clean [k] 清潔	mask [k] 面具	school [k] 唸ㄍ 學校

[p]

一般狀況之下，[p] 音不變	前有 [s]，後面並沒有母音，[p] 音也不變	前有 [s]，後有母音，[p] 改唸 [b]
please [p] 請	wasp [p] 大蜂	speak [p] 唸 [b] 說
pet [p] 寵物	lisp [p] 大舌頭	spa [p] 唸 [b] 有溫泉的療養池
top [p] 頂尖	gasp [p] 喘氣	spoon [p] 唸 [b] 湯匙

[t]

一般狀況之下，[t] 音不變	前有 [s]，但後沒母音，[t] 音也不變	前有 [s]，後有母音，[t] 改唸 [d]
teacher [t] 老師	list [t] 清單	start [t] 唸 [d] 開始
ten [t] 十	best [t] 最好的	stay [t] 唸 [d] 停留
cat [t] 貓	test [t] 測驗	student [t] 唸 [d] 學生

模樣是 [tr] ，其實唸 [dr]

本來 [tr] 唸 [出]，[dr] 唸〔朱〕，但是在前面所說的同樣狀況之下（前有 [s]，後有母音），[tr] 將不再出氣而只出聲，改唸〔朱〕，發音同 [dr]。

一般狀況下，[tr] 唸〔出〕	前有 [s]，後有母音， [tr] 改唸為 [dr]
tree [tr] [出] 樹	**str**eet [tr] 唸 [dr] [朱] 街道
try [tr] [出] 試	**str**ap [tr] 唸 [dr] [朱] 皮帶
trend [tr] [出] 趨勢	**str**ong [tr] 唸 [dr] [朱] 強壯的

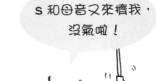

s 和母音又來擠我，
沒氣啦！

[tr]

模樣是 [kw]，其實唸 [gw]

同樣的，本來 [kw] 唸 [枯]，但是在同樣的狀況之下，[kw] 這個出氣音改唸為出聲音的 [gw] [姑]。

一般狀況下，[kw] 不變	前有 [s]，後有母音，[kw] 改唸為 [gw]
queen [kw] 女王	**squid** [kw] 唸 [姑] 花枝
quit [kw] 辭	**squat** [kw] 唸 [姑] 蹲
quench [kw] 熄滅	**squeeze** [kw] 唸 [姑] 壓擠

照三餐問候我，
又擠得我沒氣啦！

[kw]

PART 4

子音＋母音：每個
音都要講究！

 大 師 開 講

　　以下字串的練習看似簡單，其實能完全說得正確的人有如鳳毛麟角般稀少。請同學和教學同仁務必認真聽 CD，我們一起由慢到快，直到流利、清晰、完全正確為止。

Track 29

Ja**ck's** **sh**i**rt**	**B**i**ll's** **dr**a**wer**
[dʒ] [æ]　　[ʃ] [ɝ]	[ɪ]　　[dr] [ɔ]
傑克的　　襯衫	比爾的　　抽屜

Track 30

spe**c**i**f**i**c** i**nd**i**v**i**dual**

[b] [ɪ] [ɪ][ɪ]　　[ɪ] [ə][ɪ][dʒʊl]

特定的　　　　個人

前有 [s]，後有母音，改唸 [b]

spe**c**i**f**i**c** o**cc**a**sion**

[b][ɪ] [ɪ][ɪ]　　[ə]　[e] [ʒən]

特定的　　　　場合

Simplicity is precious.

[I]   [I][ə]   [I]   [ε] [ʃəs]

簡樸   是   珍貴的

street   sky   sparrow

[dr] [i]   [g]   [b][æ]   [o]

街道   天空   麻雀

前有 [s]，後有母音 [aɪ]，所以 [k] 改唸 [g] [ㄍ]

前有 [s]，後有母音，所以 [tr] 改唸 [dr] [朱]

前有 [s]，後有母音，所以 [p] 改唸 [b]

PART 5

語調應詠很優美

我們習慣說中文，但是因為英文並沒有一、二、三、四聲的規範，所以我們說起英文來，語調常顯得呆滯。其實只要抓住三個特點，英語的語調就活起來了。

語 調 一 點 通

第一：語調隨著心意而上下波動。

第二：語調隨著心意而有強有弱。

第三：陶土需柔軟，才好塑出各種形象；柔軟的橡皮筋也比堅硬的鋼條容易變化形象。同樣地，英語若要聽來優美，語調必須柔軟，才能控制自如。否則會被方方正正的中文語調習慣壓下來。

因此，我們可以說，中文的語調如同火車，一板一眼，直線前行。英文的語調則如同雲霄飛車，既可大起，也可大落，收放自如。

中文

英文

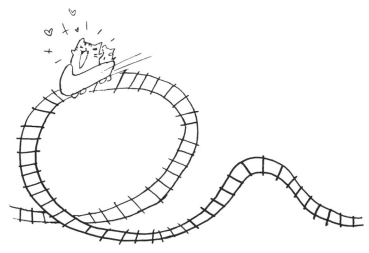

我們用一個極淺明的例子說明：

She is my student.

這一句的語調可有四種變化：

Track 32-1

1. **<u>She</u>** is my student.

   如果對話時，強調是「她」，而非另一個人，則需抬高 "she"。

2. She **<u>is</u>** my student.

   如果強調，她「現在」就是我學生，非指「以前」或「以後」，語調需抬高 "is"。

3. She is **<u>my</u>** student.

   如果強調，她是「我的」學生，而非別人的學生，則必須抬高 "my"。

4. She is a **<u>student</u>**.

   如果強調，她是一個「學生」，而非其他的身份，則必須抬高 "student"。

　　由以上的文字和 CD 示範得知，英文的語調可以多麼地活潑、自在，我們要學習張開語調的翅膀，海闊天空地自由遨翔。首要之務是，我們在說英文時，必須掙脫我們母語語調的束縛，才可脫胎換骨。

當某些字的語調拉高時，其餘的部分不能維持原狀，而需使用柔軟的聲帶，像唱低音一樣，穩穩地壓下去，然後隨著即將來到的最高音的單字，慢慢上升，也就是先替最強調的字鋪路，才能替英語的腔調打造優美的弧度。

小叮嚀

Track 32-2

不是： I am ⌐happy. （太僵硬）

而是： I am happy. （優美的弧度）

EXERCISE

1

請依照以下的語意指示，用底線畫出語調必須抬高的單字，然後
聽 CD 的答案。

1. 我要去台中，不是去台南。

I'm going to Taichung, not Tainan.

2. 是我要去台中，不是他。

I'm going to Taichung, not him.

3. 妳好美，但她更美。

You are beautiful, but she is more beautiful.

4. 他好瘦哦。

He is so thin.

5. 不要怪他，這是我的錯。

Don't blame him. It's my fault.

6. 我真的很感謝你，那麼慷慨。

I really appreciate your generosity.

7. 走開！

Go away.

8. 走開啦！（不耐煩）

Go away!

9. 你哪裡不對勁？

What's wrong with you?

10. 我永遠不想再看到你。

I will never see you again!

1. I'm going to **<u>Taichung</u>**, not **<u>Tainan</u>**.

2. **<u>I</u>**'m going to Taichung, not **<u>him</u>**.

3. You are **<u>beautiful</u>,** but she is **<u>more</u>** beautiful.

4. He is **<u>so</u>** thin.

5. **<u>Don't blame</u>** him. It's **<u>my</u>** fault.

6. I **<u>really</u>** appreciate your **<u>generosity</u>**.

7. Go **<u>away</u>**.

8. **<u>Go away</u>**!

9. What's **<u>wrong</u>** with you?

10. I will **<u>never</u>** see **<u>you</u>** **<u>again</u>**!

解析

1. 我要去<u>台中</u>，不是去<u>台南</u>。

　　強調：是去　　　強調不是
　　「台中」　　　　「台南」

2. 是<u>我</u>要去台中，不是<u>他</u>。

　　強調是　　　　強調：別搞錯
　　「我」　　　　了，不是「他」

3. 妳好<u>美</u>，但她<u>更</u>美。

強調：
「美」

不是「普通的」美，
而是「更加的」美

4. 他<u>好</u>瘦哦。

不是普通
的瘦喔！

5. <u>不要怪</u>他，這是<u>我</u>的錯。

你別這麼做！
（強調整個動作）

該怪「我」！

6. 我<u>真</u>的很感謝你，那麼<u>慷慨</u>。

不是隨口說說，而
是「真心」感謝！

我之所以感謝你的
「理由」

7. 走<u>開</u>！

離我「遠」
一點！

8. 走<u>開</u>啦！（不耐煩）

走！走！走！
「走遠」一點！
兩個字都強調。

9. 你哪裡<u>不對勁</u>？

怎麼啦？
和平常不一樣！
強調「不對勁」

10. 我<u>永遠</u>不想<u>再</u>看到<u>你</u>。

Never!
永不！

「再」
也不要！

不想
看到「你」！

EXERCISE
2

1. 我喜歡集郵，而他喜歡收集橡皮擦。

I like to collect stamps, but he likes to collect erasers.

2. 我們來擊掌。

Give me five!

3. 我們來雙手擊掌。

Give me ten!

4. 我家就在公園對面。

My house sits opposite the park.

5. 這裡像是天堂！

This is paradise.

6. 這裡就是天堂！

This is paradise.

7. 我愛你。

I love you.

8. 我愛的是你的内在。

I love your inner beauty.

9. 我們在等什麼？都十點鐘了。

What are we waiting for? It's 10 o'clock.

10. 不要急，醫生馬上就來了。

Don't worry. The doctor will be here soon.

1. I like to collect **stamps**, but he likes to collect **erasers**.

2. Give me **five**!

3. Give me **ten**!

4. My house sits **opposite** the park.

5. This is **paradise**.

6. **This** is **paradise**.

7. I **love** you.

8. I love your **inner** beauty.

9. What are we **waiting** for? It's **ten** o'clock.

10. **Don't** worry. The **doctor** will be here **soon**.

解析

1. 我喜歡集郵，而他喜歡收集橡皮擦。

「郵票」
是我所愛

「橡皮擦」
則是他的喜好，
也需強調

2. 我們來擊掌。

「五」根
手指頭

3. 我們來雙手擊<u>掌</u>。

「十」根
手指頭

4. 我家就在公園<u>對面</u>。

強調所在
位置

5. 這裡像是<u>天堂</u>！

強調
「天堂」

6. <u>這裡</u>就是<u>天堂</u>！

非常強調
「這個地方」

像「天堂」

7. 我<u>愛</u>你。

強調
「動作」

8. 我愛的是你的<u>内在</u>。

強調所愛的
是「内在」

9. 我們在<u>等</u>什麼？都<u>土</u>點鐘了。

還「等」
什麼？

「十」
點嘍！

10. <u>不要急</u>，<u>醫生</u>馬上就來了。

「不要」
急！

所心急等待
的「主角」！

EXERCISE

3

請先將以下句子中需要強調的字畫線，然後聽CD，和我一起唸出標準答案。

1. 我以前有一個朋友，她又可愛又聰明，卻一點也不快樂。

I used to have a friend who was sweet and smart but wasn't happy at all.

2. 我們即使在走路的時候，視線也應該和地板平行。

Our vision should be parallel with the floor even when we are walking.

3. 如果我是她，早就發瘋了。

I would have gone crazy if I were her.

4. 台灣美得出名。

Taiwan is known for her beauty.

5. 你去哪兒啦？我打了十通電話給你呢！

Where were you? I've called you 10 times!

「以前」的朋友

「甜美」又「聰明」

「不」

1. I **used to** have a friend who was **sweet** and **smart** but **wasn't happy** at **all**.

「快樂」

「完全」不快樂

強調：眼睛所「注視」之處

強調：視線要與「地板」「平行」

「即使」本來就是個強調詞

2. Our **vision** should be **parallel** with the **floor** **even** when we are **walking**.

「走路」時要注意

3. I **would** have gone **crazy** if I were **her**.

假使如此，我「必會」發瘋

強調「發瘋了」

但我不是「她」

台灣
很「有名」

4. **Taiwan** is **known** for her **beauty**.

強調「台灣」
這個地方

因何而著名？
因「美」而著名

5. Where **were** you? I've **called** you **10** times!

你「剛才」
在哪裡？

一直「打電話」
給你

有「十」
次之多

EXERCISE
4

1. 和人相處時,眼神交會很重要,它會令人覺得你有用心傾聽。

Eye contact is a very important factor in letting people know that you are paying attention to them.

2. 這篇文章在於教導男生如何可以順利地約女孩子出去。

This article hopes to teach guys how to ask girls out without being rejected.

3. 我想向您致上最深的感謝。

I wish to express my profound thanks and gratitude to you.

1. **Eye** contact is a **very** important factor in **letting** people **know** that you are paying **attention** to them.

   和人相處時，「眼神」交會「很」重要，它會「令」人「覺得」你有「用心傾聽」。

2. This **article** hopes to **teach** guys how to **ask girls out** **without** being **rejected**.

   這篇「文章」在於「教導」男生如何可以「順利」地「約女孩子出去」。

3. I **wish** to express my **profound thanks and gratitude** to you.

   我「想」向您致上「最深的」「感謝」。

EXERCISE

5

1. 當你用完餐，要離座的時候，只需把餐巾鬆軟地放在盤子旁邊即可。

When you are leaving the table at the end of meal, you can just leave your napkin loosely next to your plate.

2. 我的意思是，當你真的很想給人忠告的時候，要先問一下：「你真的要我的真實意見嗎？」

My point is if you really want to give advice, please ask, "Do you really want my honest opinion?" before you actually give it.

1. When you are **leaving** the **table** at the end of **meal**, you can **just leave** your napkin **loosely** **next** to your **plate**.

   當你用完「餐」，要「離座」的時候，「只」需把餐巾「鬆軟地」放在「盤子旁邊」即可。

2. My **point** is if you **really** want to give **advice**, **please** ask, "Do you **really** want my **honest** opinion?" **before** you **actually** give it.

   我的「意思」是，當你「真的」很想給人「忠告」的時候，在「確實」行動「之前」，「務必」問一下：「你「真的」要我的「真實」意見嗎？」

PART 6

連 音

中文要說的好聽，必須字字分明、鏗鏘有力。英文要說的好聽，則需行雲流水、優美流暢。我們的英文要到這個境界，則非學習連音不可。

中文 有如啄木鳥啄樹的聲音，字字分明。

英文 有如彩帶舞般的行雲流水。

連音其實不難，只要子音帶著母音一起發音即可。請看以下例子：

Track 38

1. This is an apple.

[sɪ]　　　[næ]

子音帶母音
發 [næ]

2. Where are Ruby's sisters?

前面和後面都是
[r]，可省掉一個。

3. This is hard to imagine!

[sɑr]

[d]、[t] 同系，可
省掉前面的 [d]，
只需發 [t] 即可。

[h] 在連音時，
可不發音。

4. Mary's sisters seldom move.

發一個 "s"
即可

發一個 "s"
即可

發一個 "m"
即可

EXERCISE

1

1. What time is it?

2. Write it down as soon as possible.

3. My name is Susan.

4. Please sign it here.

5. We'll think about it.

6. Tell him that I can't teach him.

7. Jack won't do it.

8. David is sleeping.

9. Cats and dogs are cute.

10. This mirror is old.

1. What time is it?

[mɪ] [zɪ]

發一個 [t] 即可

2. Write it down as soon as possible.

[tɪ]　　[næs]　　[næ]

[t]、[d] 同系，
省略前者，只
需發 [d]。

只唸一個 "s"
即可

3. My name is Susan.

[mɪ]

只唸一個 "s"
即可

4. Plea<u>se</u> <u>s</u>i<u>gn</u> <u>it</u> <u>h</u>e<u>re</u>.

[nɪ] [tɪ]

只唸一個 "s"
即可

"h" 不發音

5. We'll thin<u>k</u> <u>a</u>bou<u>t</u> <u>i</u>t.

[kə]   [tɪ]

6. Te<u>ll</u> <u>h</u>im tha<u>t</u> <u>I</u> can'<u>t</u> <u>t</u>ea<u>ch</u> <u>h</u>im.

[taɪ]

"h" 的音
不見了，
唸成 [lɪm]。

只發一個 "t"
即可

"h" 的音
不見了，
唸成 [tʃɪm]。

7. Jac<u>k</u> <u>w</u>on't <u>d</u>o <u>i</u>t.

[kwon]   [uɪ]

[t] 和 [d] 同系，所以
前面的音不用唸，只
需唸 [d] 即可。

8. Davi<u>d</u> <u>is</u> <u>s</u>leeping.

[dɪ]

只需唸一個
"s" 即可

9. Cat<u>s</u> <u>and</u> <u>dogs</u> <u>are</u> cute.

[tsən]　　　[sɑr]

發一個 [d]
即可

10. This mirro<u>r</u> <u>is</u> <u>o</u>ld.

[rɪ] [so]

[z] 唸成 [s]

EXERCISE
2

1. Flowers and trees are burned out!

2. Could you peel some apples as soon as possible?

3. I'll try as hard as I can.

4. Would you concentrate on it this time?

5. Shake hands!

1. Flowers and trees are burned out!
     [sæn]   [daʊ]

2. Could you peel some apples as soon as
   唸 [ㄓju]   [mæ]   [næ]

possible?

3. I'll try as hard as I can.
      [aɪæ]   [dæ] [saɪ]

4. Would you concentrate on it this time?
    [ㄓju]   [tɑn] [nɪ]

t 和 th 同系，所以前面的 t 不發音，只需發後面的 [ð] 即可。

5. Shake hands!
    [kæn]

"h" 不發音

PART 7

總 複 習

EXERCISE
1

(1) 請寫下畫線部分的音標。

(2) 把語調需上升的字畫底線。

(3) 把連音的字尾和字首畫弧線。

(4) 聽 CD，跟著練習說出標準的英語，共三遍。

1. Tell   him   not   to   go.
   [　]   [　]   [　]

2. She   is   a   great   swimmer.
   [　]   [　]   [　]   [　]

3. Some   men   are   sissy.
   [　]   [　]   [　]

4. Could   someone   explain   it   to   me?
   [　]   [　]   [　][　] [　]

5. You   need   to   use   your   wildest   imagination.
            [　]   [　] [　]

152

音標和連音　(Track **41**)

1. Tell　him　not　to　go.

[ɛ]　　[ɪ]　　[ɑ]

"h" 不發音，
合起來唸 [lɪm]

唸一個 "t" 即可

2. She　is　a　great　swimmer.

[ɪ]　[izə]　　[e]　　　[ɪ]

3. Some　men　are　sissy.

[ʌ]　　　[ɛ]　　　[ɪ]

[nɑ]

同為 "m"，
所以前面的
"m" 不發音

4. Could someone explain it to me?

[ʊ] [ʌ] [nɪ] [e] [nɪ]

同為 "t"，
前面的 "t" 不發音

5. You need to use your wildest imagination.

[i] [zju] [ɪs] [tɪ] [ɪˌmædʒəˈneʃən]

"d" 和 "t" 同系，所以
前面的 "d" 不發音

語調 Track 42

1. Tell him not to go.

「不」要去

2. She is a great swimmer.

好「棒」的

154

3. Some men are <u>sissy</u>.

男人「娘娘腔」

4. Could someone <u>explain it</u> to me?

「解釋解釋」吧！

5. You <u>need</u> to use your <u>wildest</u> imagination.

強調「必須」

不是普通的想像力，
而是「奔放的」
想像力

EXERCISE

2

1. He   is   a´ generous   employer.

   [   ] [   ]   [   ][   ][   ] [   ]

2. All   work   and   no   play   makes   Jack   a   dull   boy.

   [   ]   [   ]   [   ]   [   ]   [   ]   [   ]

3. To   say   is   one   thing,   but   to   do   is   another.

        [   ]   [   ]   [   ]

4. I   believe   you   did   it   again.

   [   ][   ]   [   ] [   ]   [   ]

5. Thousands   of   fat   tigers   are   sleeping   on   the   meadow.

       [   ]   [   ]   [   ][   ]   [   ][   ]

音標和連音　Track 43

1. He is a generous employer.

[ɪ] [ɪ][sə]　[dʒɛ] [ə] [ə]　[ɪm`plɔɪɚ]

2. All work and no play makes Jack a dull boy.

[ɔ]　[ɚ]　[ə]　　　[e]　[e]　　[æ]　　[ʌ]

3. To say is one thing, but to do is another.

[e]　[swʌn]　[ɪ]　　　　　　[uɪ]　[ʌ]

前面的 "t"
不發音

4. I believe you did it again.

[ɪ][i]　　　[ɪ] [ɪ]　[e或ɛ均可]

唸 [tə]

5. Thousands of fat tigers are sleeping on the meadow.

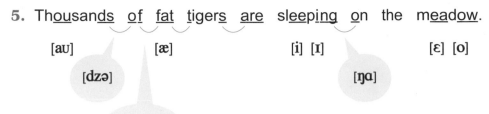

[aʊ]   [æ]   [i] [ɪ]   [ɛ] [o]

[dzə]

[ŋɑ]

第一個 f
不發音

語調 (Track **44**)

1. He is a <u>generous</u> employer.

不是一般人，而
是「大方的」人

2. <u>All</u> work and <u>no</u> play makes Jack a <u>dull</u> boy.

強調兩個
「對比」

下場就是
「dull」

強調兩個
「對比」

3. To <u>say</u> is <u>one</u> thing, but to <u>do</u> is <u>another</u>.

這又是另一個
「對比」

4. I <u>believe</u> you did it <u>again</u>.

「強烈的想法」　　　「再」一次

5. <u>Thousands</u> of <u>fat</u> tigers are <u>sleeping</u> on the <u>meadow</u>.

好多好多　　　正在進行的
動作：「睡」　　睡覺的
「所在地」

不是一般的老虎，
而是「胖胖的」
老虎

結 語

　　讀書首重方法，期盼讀者認眞做習題、仔細聽CD，並再三自我糾正。果能如此，相信各位不但能說出標準的發音和優美的腔調、也能因爲連音運用嫻熟而說出行雲流水般自然流暢的英語。

　　勉勵同學在學習的大道上勇敢地邁開大步前進，也敬祝教學同仁成功順利。

郭岱宗

顛覆不景氣，贏向新多益！

搭配學習法助你大勝利！

越是不景氣，越是要懂得如何花對錢栽培自己！
買一堆不對的書又看不完，既不環保且沒效率，
新多益900↑分者，教你如何精瘦預算一次就用對高分良冊！

堅定基礎

新多益關鍵字彙本領書／定價380
新多益文法本領書／定價299

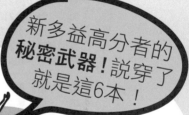

新多益高分者的
秘密武器！說穿了
就是這6本！

提昇實力

新多益閱讀本領書／定價299
新多益聽力本領書／定價299

突破解題

新多益題型透析本領書／定價429
新多益模擬測驗本領書／定價560

國家圖書館出版品預行編目資料

翻譯大師教你學發音 / 郭岱宗 作. －－ 初版. －－
臺北市：貝塔, 2009. 01
面；　公分
ISBN 978-957-729-716-7（平裝附光碟片）

1. 英語　2. 發音　3. 音標

805.141　　　　　　　　　　　　　　　　97018731

翻譯大師教你學發音

作　　者 / 郭岱宗
插 畫 者 / 水腦
執行編輯 / 陳家仁

出　　版 / 貝塔出版有限公司
地　　址 / 台北市 100 館前路 12 號 11 樓
電　　話 / (02) 2314-2525
傳　　真 / (02) 2312-3535
客服專線 / (02) 2314-3535
客服信箱 / btservice@betamedia.com.tw
郵撥帳號 / 19493777
帳戶名稱 / 貝塔出版有限公司
總 經 銷 / 時報文化出版企業股份有限公司
地　　址 / 桃園縣龜山鄉萬壽路二段 351 號
電　　話 / (02) 2306-6842

出版日期 / 2012 年 7 月初版五刷
定　　價 / 250 元
ISBN：978-957-729-716-7

翻譯大師教你學發音
Copyright 2009 by 郭岱宗
Published by Beta Multimedia Publishing

貝塔網址：www.betamedia.com.tw

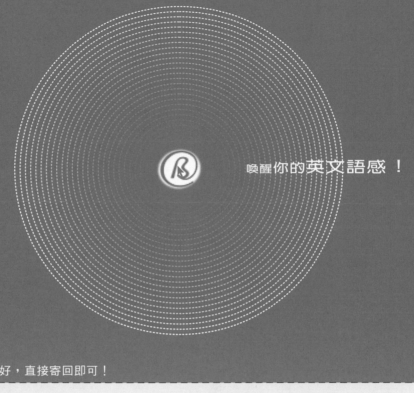

喚醒你的英文語感！

請對折後釘好，直接寄回即可！

| 廣　告　回　信 |
| 北區郵政管理局登記證 |
| 北台字第14256號 |
| 免　貼　郵　票 |

100 台北市中正區館前路12號11樓

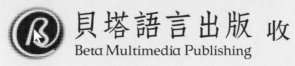 貝塔語言出版 收
Beta Multimedia Publishing

寄件者住址 □□□

 貝塔語言出版
Beta Multimedia Publishing

讀者服務專線 (02) 2314-3535 讀者服務傳真 (02) 2312-3535
客戶服務信箱 btservice@betamedia.com.tw
www.betamedia.com.tw

謝謝您購買本書！！
貝塔語言擁有最優良之英文學習書籍，為提供您最佳的英語學習資訊，您填妥此表後寄回（免貼郵票），將可不定期免費收到本公司最新發行之書訊及活動訊息！

姓名：＿＿＿＿＿＿＿＿　性別：☐男　☐女　生日：＿＿＿年＿＿＿月＿＿＿日

電話：（公）＿＿＿＿＿＿＿（宅）＿＿＿＿＿＿＿（手機）＿＿＿＿＿＿＿

電子信箱：＿＿＿＿＿＿＿＿＿＿＿＿＿＿＿＿＿＿＿＿＿＿＿＿

學歷：☐高中職含以下　☐專科　☐大學　☐研究所含以上

職業：☐金融　☐服務　☐傳播　☐製造　☐資訊　☐軍公教　☐出版
　　　☐自由　☐教育　☐學生　☐其他

職級：☐企業負責人　☐高階主管　☐中階主管　☐職員　☐專業人士

1. 您購買的書籍是？＿＿＿＿＿＿＿＿＿＿＿＿＿＿＿＿＿＿＿＿

2. 您從何處得知本產品？（可複選）
　　☐書店 ☐網路 ☐書展 ☐校園活動 ☐廣告信函 ☐他人推薦 ☐新聞報導 ☐其他＿＿

3. 您覺得本產品價格：
　　☐偏高　☐合理　☐偏低

4. 請問目前您每週花了多少時間學英語？
　　☐不到十分鐘 ☐十分鐘以上，但不到半小時 ☐半小時以上，但不到一小時
　　☐一小時以上，但不到兩小時 ☐兩個小時以上 ☐不一定

5. 通常在選擇語言學習書時，哪些因素是您會考慮的？
　　☐封面 ☐內容、實用性 ☐品牌 ☐媒體、朋友推薦 ☐價格 ☐其他＿＿＿

6. 市面上您最需要的語言書種類為？
　　☐聽力 ☐閱讀 ☐文法 ☐口說 ☐寫作 ☐其他＿＿＿

7. 通常您會透過何種方式選購語言學習書籍？
　　☐書店門市 ☐網路書店 ☐郵購 ☐直接找出版社 ☐學校或公司團購 ☐其他＿＿

8. 給我們的建議：＿＿＿＿＿＿＿＿＿＿＿＿＿＿＿＿＿＿＿＿＿＿＿＿

＿＿＿＿＿＿＿＿＿＿＿＿＿＿＿＿＿＿＿＿＿＿＿＿＿＿＿＿＿＿＿

＿＿＿＿＿＿＿＿＿＿＿＿＿＿＿＿＿＿＿＿＿＿＿＿＿＿＿＿＿＿＿

Get a Feel for English !

喚醒你的英文語感！